Pour Yann et Iris

ISBN 978-2-211-23349-1

© 2018, l'école des loisirs, Paris, pour la présente édition
dans la collection « Kilimax »
© 2017, l'école des loisirs, Paris
Loi numéro 49956 du 16 juillet 1949 sur les publications
destinées à la jeunesse : janvier 2017
Dépôt légal : février 2018
Imprimé en France par Pollina à Luçon - 83027

Édition spéciale non commercialisée en librairie

Isabelle Bonameau

Dragon chéri

l'école des loisirs
11, rue de Sèvres, Paris 6e

Il paraît qu'il y a bien longtemps Tata Zaza aurait voyagé jusqu'au pays des dragons.
Elle aurait même réussi à en dompter un.
Cette histoire a toujours fait rêver Léonie…
Alors, le jour où Tata Zaza lui offre sa carte du pays des dragons et son épée, Léonie est folle de joie.

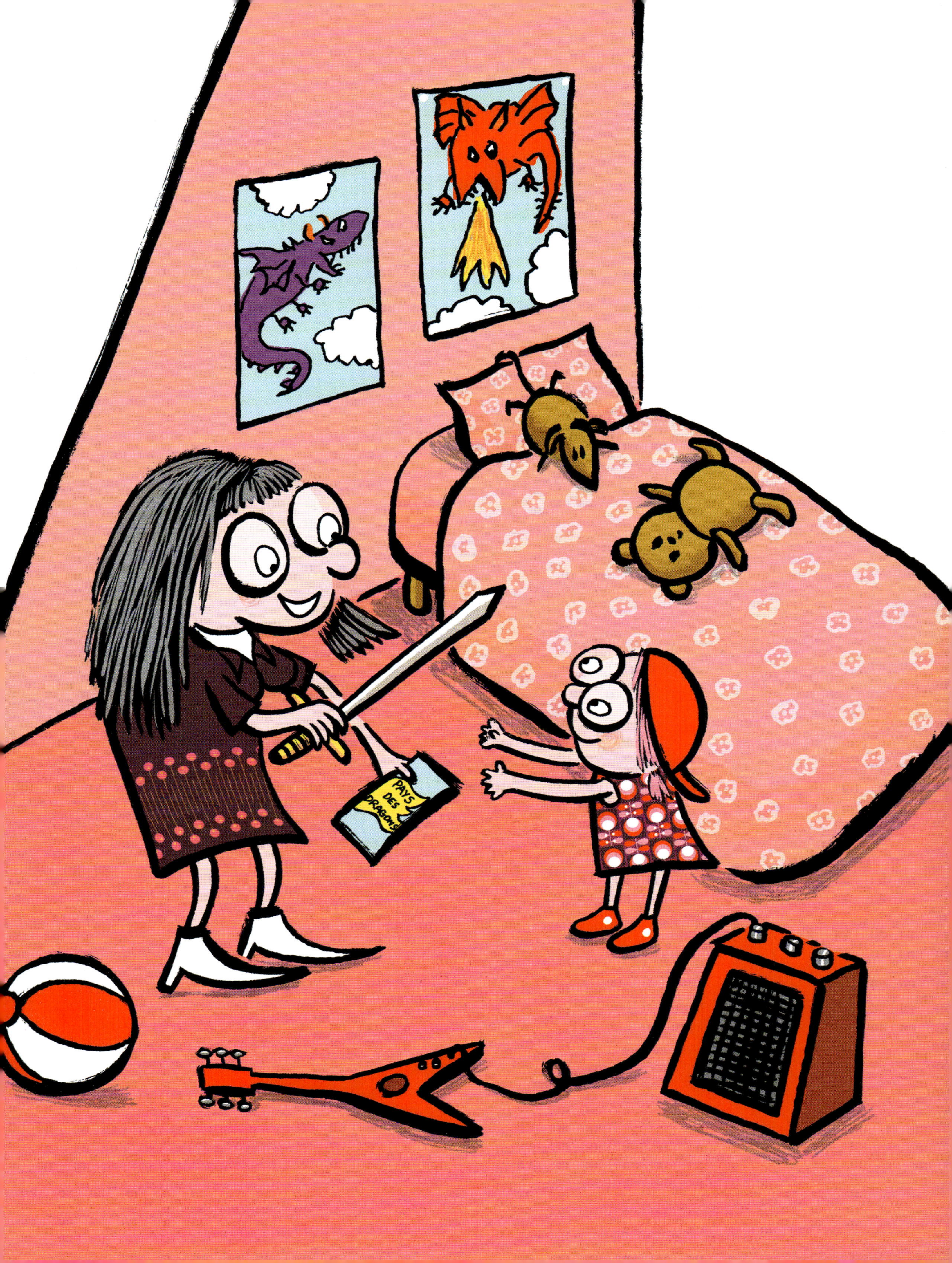
PAYS DES DRAGONS

— Génial, s'écrie-t-elle, je vais dompter un dragon !
Et elle prépare immédiatement ses affaires : sac de couchage, matelas, lampe de poche, boussole, couverture, oreiller, des gâteaux, un poulet, une gourde, un lasso pour capturer le dragon… et, bien sûr, l'épée et la carte de Tata Zaza.

Pour arriver au pays des dragons, il faut marcher longtemps,
très longtemps.
Mais Léonie ne sent pas la fatigue, elle s'imagine déjà voler dans
les airs sur le dos de son dragon : il sera grand et puissant,
et il crachera des flammes d'au moins deux mètres.
« Ça va être bien », pense-t-elle.

Aux alentours de midi, Léonie fait une petite pause.

Soudain, elle entend un craquement juste derrière elle.

– Oh, un mini-dragon tout riquiqui !
Tu ne dois pas savoir voler ni cracher le feu, toi !

Quand Léonie reprend sa route, elle s'aperçoit
que le petit dragon la suit.
— Tu ferais mieux de rester ici, lui explique-t-elle.
Là où je vais, c'est beaucoup trop dangereux pour toi.
Mais le petit dragon continue de la suivre.
— Ce que tu peux être collant, le minus, dit Léonie.

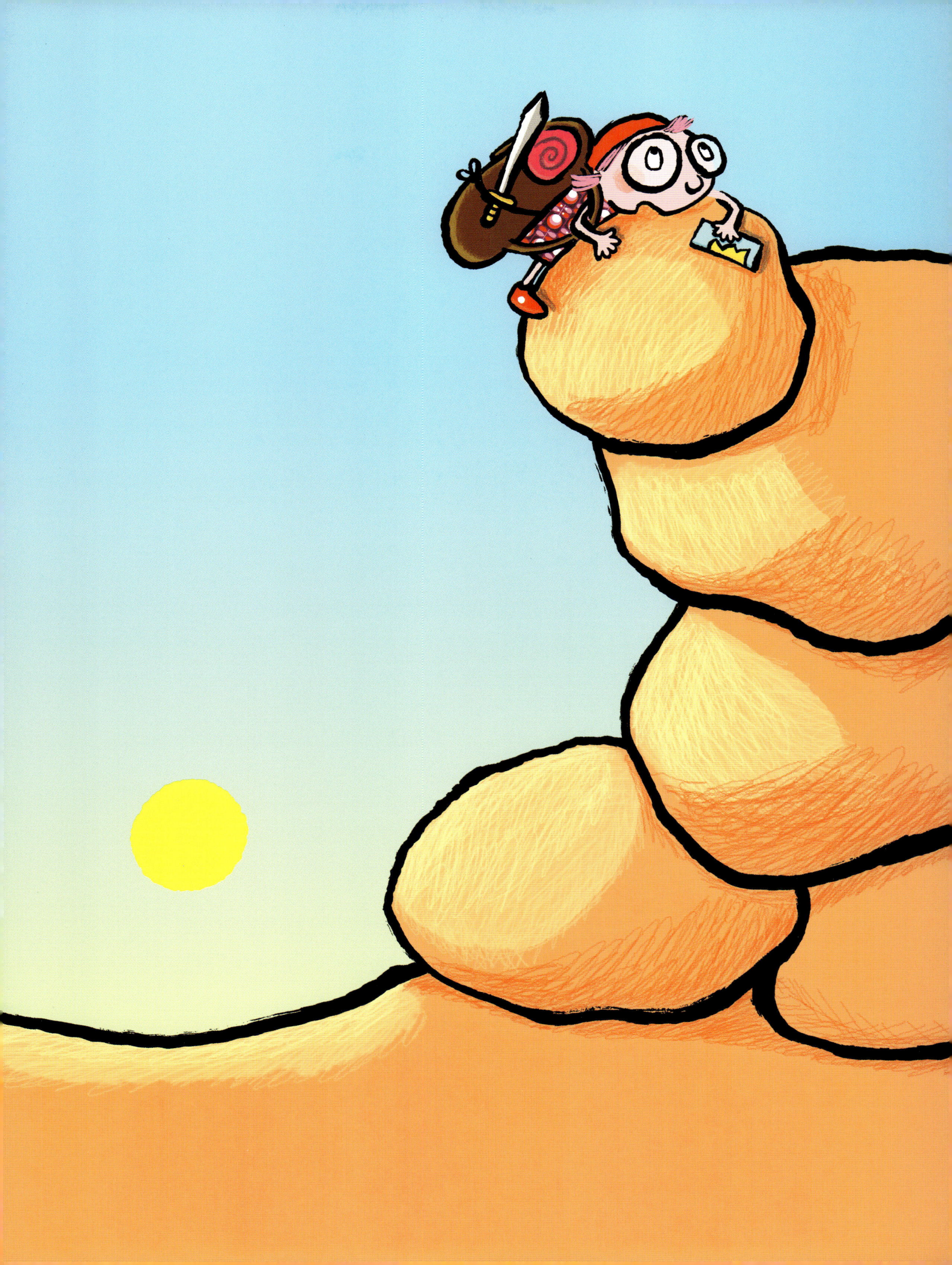

Il est l'heure de s'arrêter pour la nuit.
— Sous ces arbres, ce sera parfait, décide Léonie.
Tiens, tu es toujours là, toi ?
Mais tu n'as plus de parents, ou quoi ?

Le petit dragon se met à pleurer.
– Excuse-moi, dit Léonie, je ne voulais pas te faire de peine. Veux-tu passer la nuit ici ? Je vais nous faire un bon feu…

– Ah, zut, j'ai oublié les allumettes !

FROUOU !

– WAOUH !
Trop fort ! Bravo !

– Tu as faim ? demande Léonie en lui tendant son paquet de gâteaux.
GLOUPS ! Le petit dragon l'avale d'un coup.
– Tu n'as pas mangé depuis longtemps, on dirait.

– J'ai aussi apporté un poulet, on va le cuire à la broche, d'accord ?
SLURP ! En une seconde, le poulet est englouti.
– Je vais t'appeler Ivor, rigole Léonie, parce que tu dévores !

Il est temps de dormir, maintenant. Léonie prépare son lit.

Mais HOP, Ivor lui chipe son oreiller !
— Eh bien, tu as un sacré caractère, toi ! dit Léonie.

Elle lui chante une chanson.
Ivor, apaisé, s'endort tout de suite.

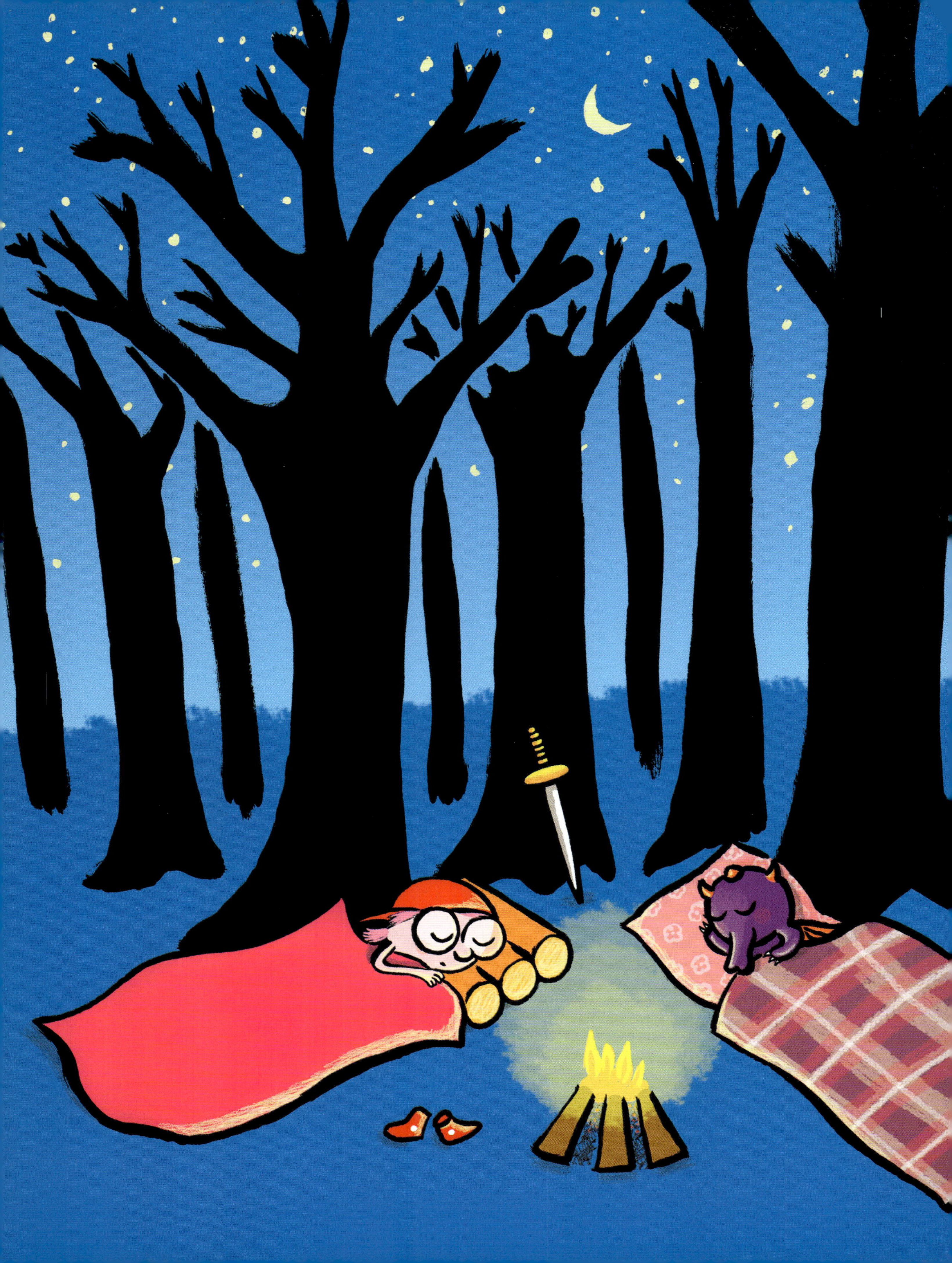

Léonie s'installe dans son lit et s'endort à son tour.
Tout est calme.

Soudain…

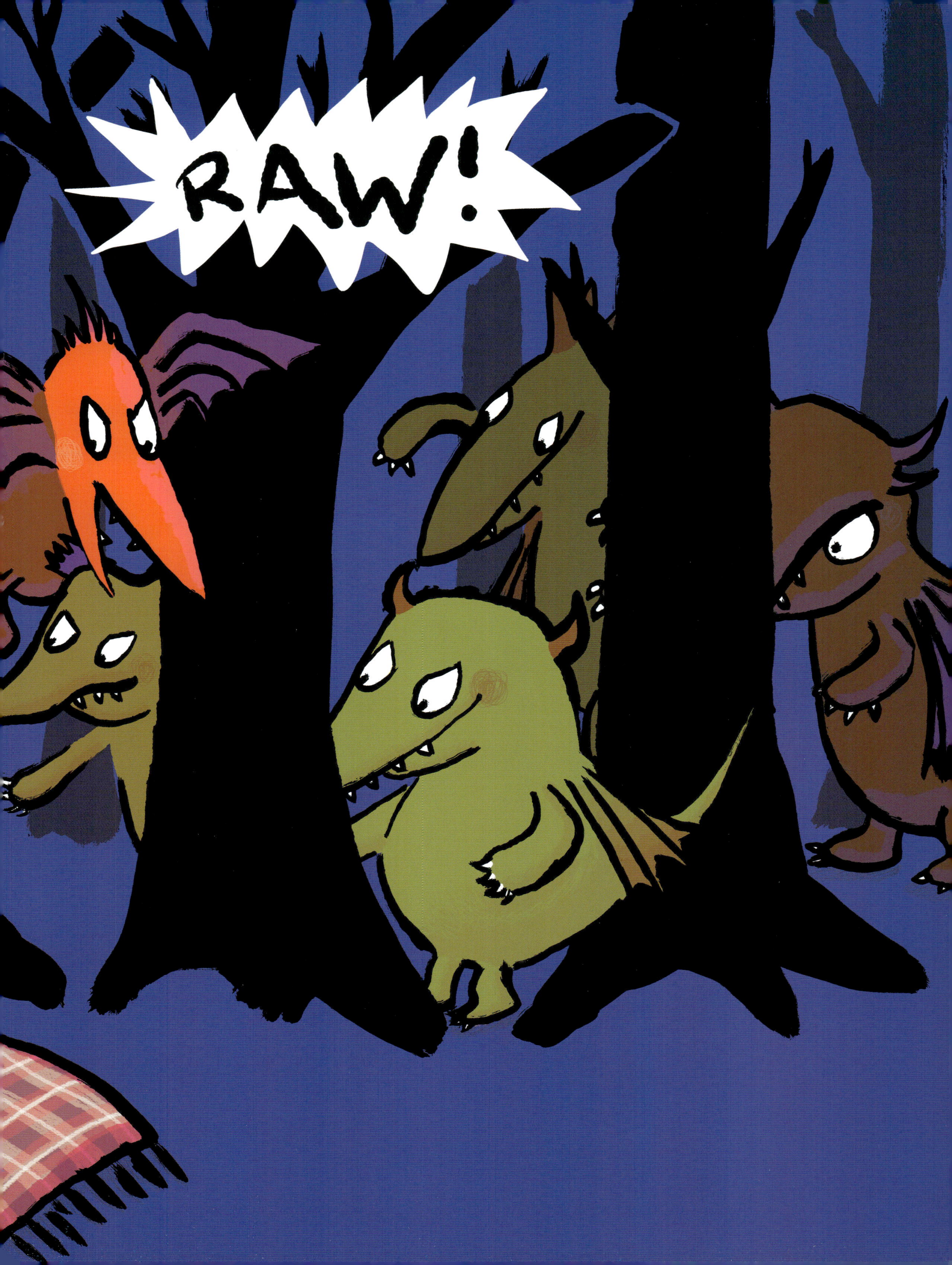
RAW!

Léonie empoigne son épée :
— ARRIÈRE !

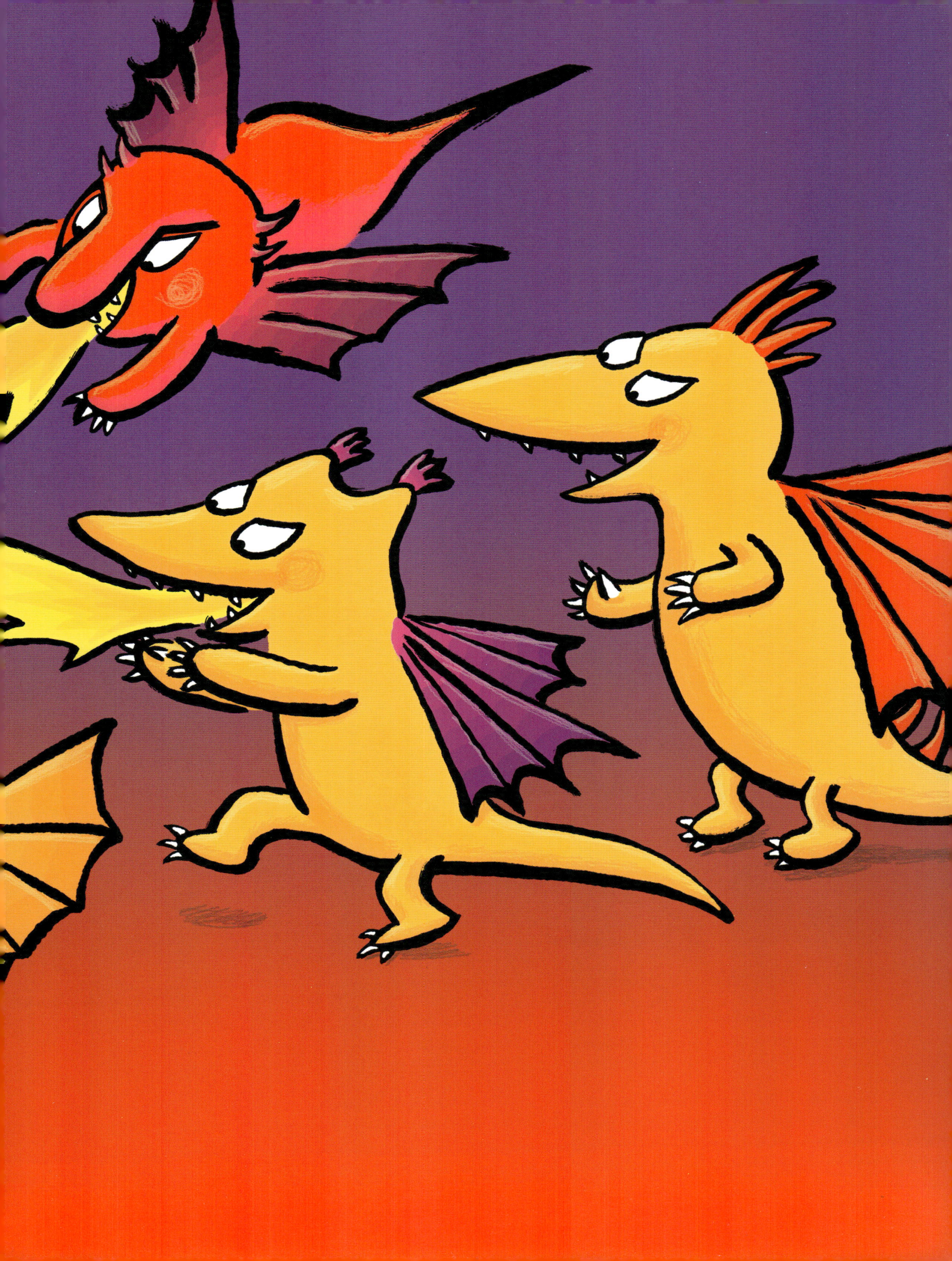

Malheur de malheur, Léonie n'a plus d'épée !
— Au secours ! crie-t-elle.
— Rends-nous le petit, et nous te laisserons tranquille, grondent les grands dragons.
— Mais je ne l'ai pas kidnappé, c'est lui qui m'a suivie, réplique Léonie.
— C'est vrai, ça, petit ? Tu veux rester avec elle ? demande le chef.

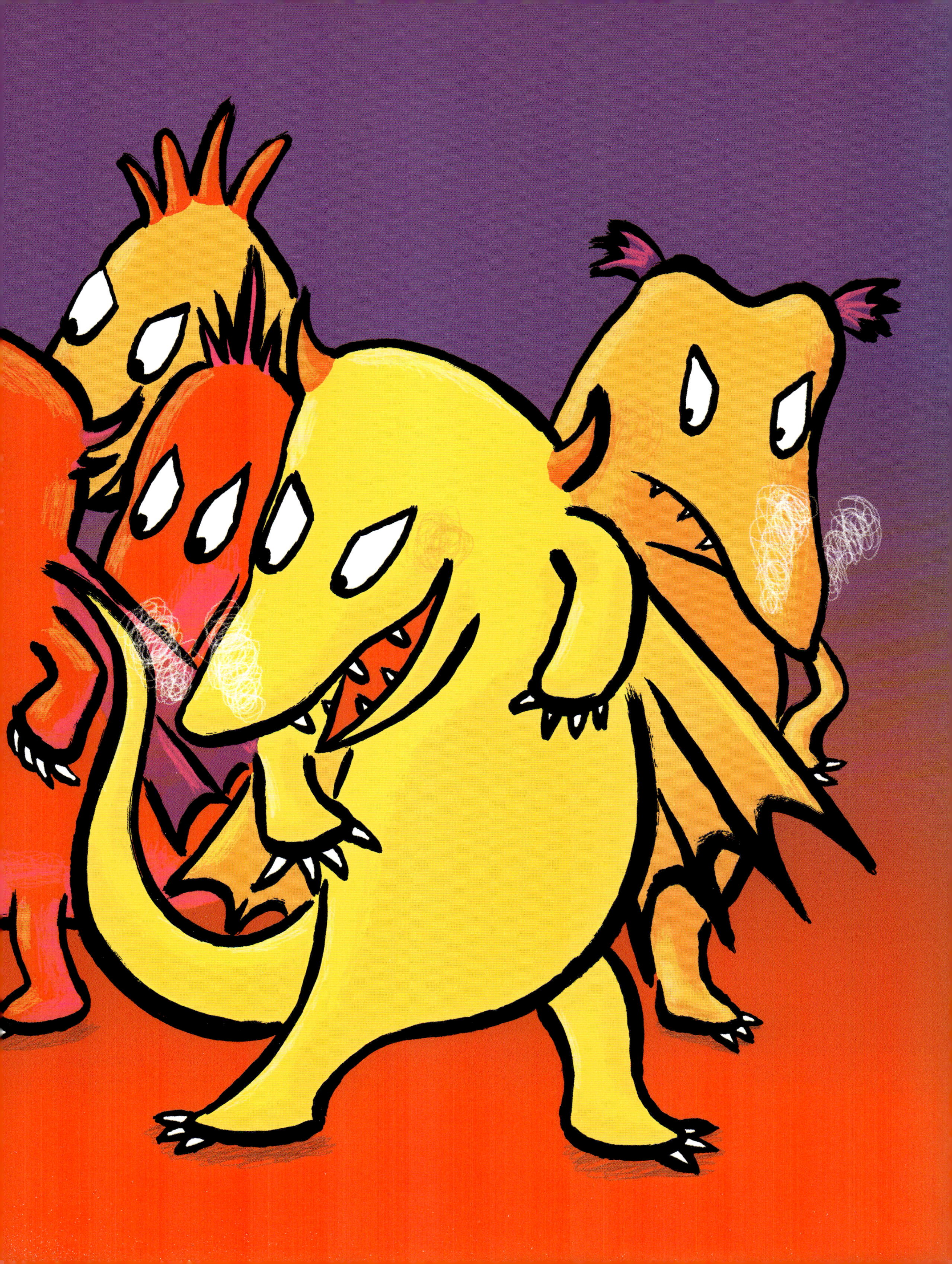

Ivor fait oui de la tête
et saute dans les bras de son amie.

– Marché conclu, dit le chef. Il a besoin de douceur depuis qu'il a perdu ses parents. Et nous, la douceur, c'est pas trop notre truc.
– Je promets de bien m'occuper de lui, assure Léonie.
Et vous pourrez lui rendre visite. Si vous voulez bien nous ramener à la maison, je vous montre le chemin.
– Allons-y, dit le chef.

C'est ainsi que Léonie et Ivor se retrouvent sur le dos du plus fort des dragons !

— Tu vas voir, dragon chéri, je te jouerai de la guitare pour t'endormir.
Tu mangeras du poulet frites et des gâteaux tous les jours.
Je te lirai des histoires de dragons. Ça va être chouette !

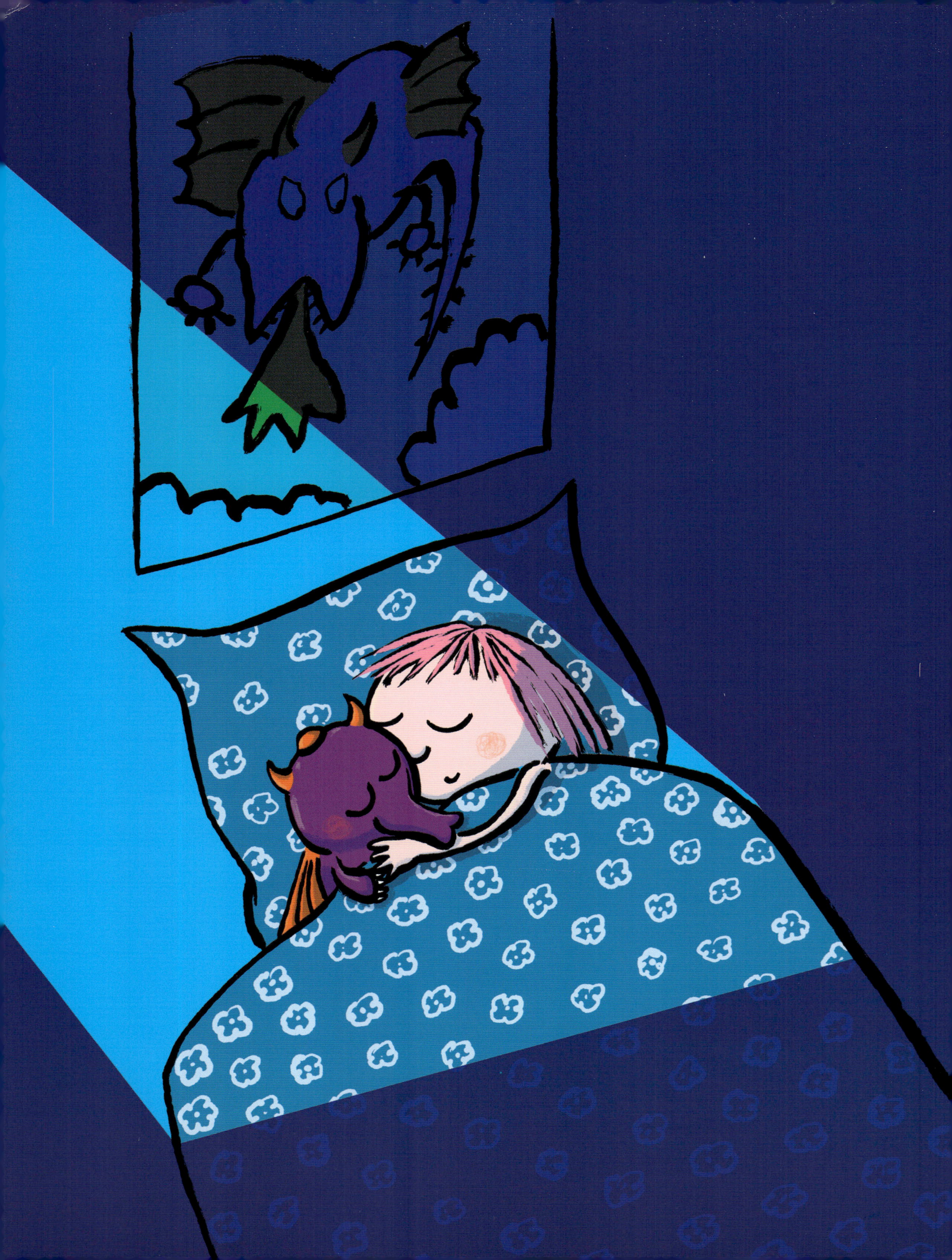

Les grands dragons sont repartis.
Quand il sera grand, Ivor pourra lui aussi
transporter Léonie sur son dos et cracher
d'énormes flammes.
Mais en attendant, bonne nuit, les amis,
faites de doux rêves !